후추

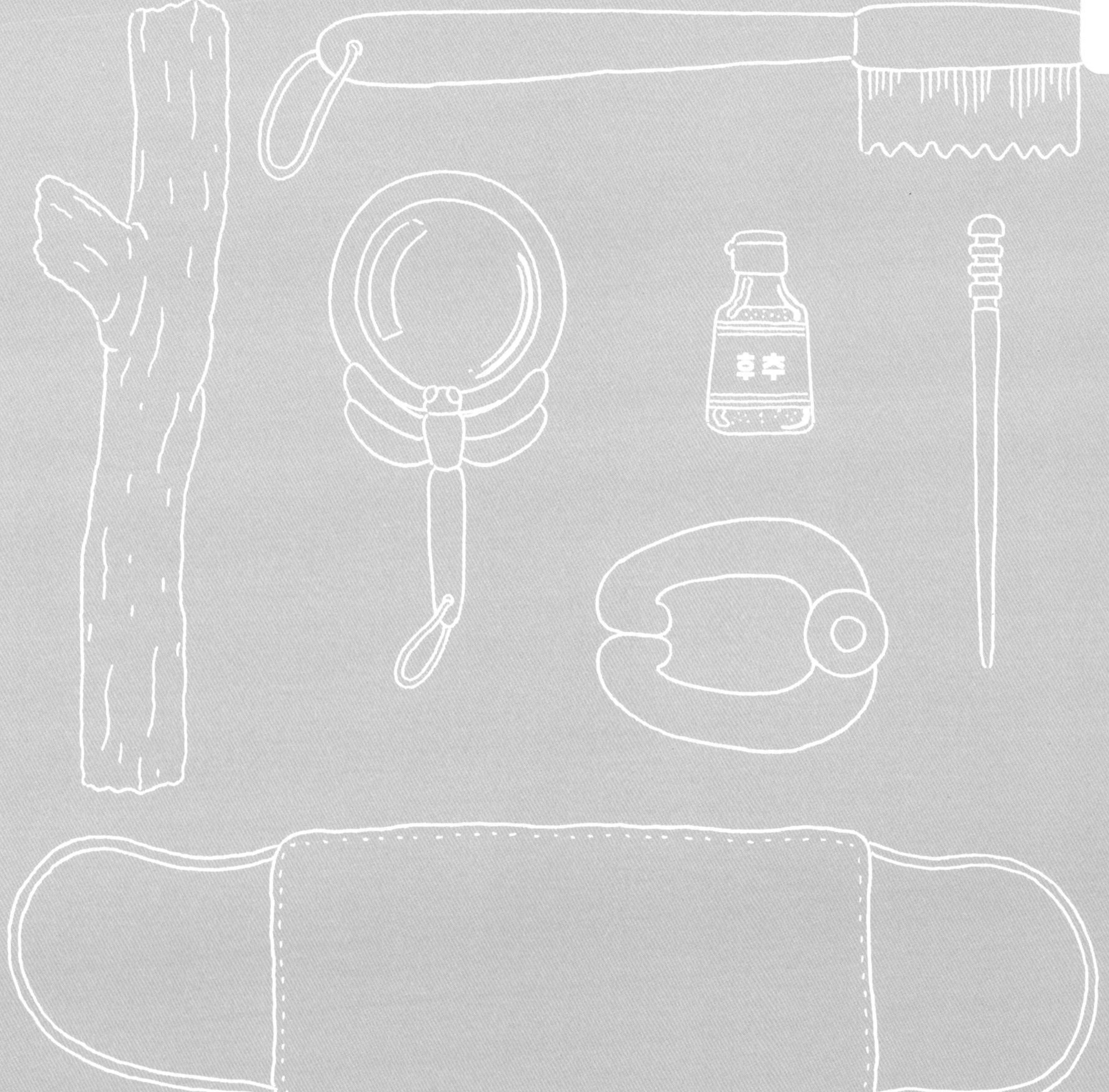

와그르르 와그르르
네지메 쇼이치 글
고마쓰 신야 그림
고향옥 옮김
JUNGLE
달리
우리 집 아래에 악어가 살고 있어요.

밤이 되면,

나는 장화를 신고, 머리에 손전등을 달고, 손에 양동이를 들고,

여러 가지 도구가 든 자루를 허리에 차고,
악어 이빨을 닦으러 밑으로 내려가지요.

악어는 나를
무섭게 노려보다가
이빨 닦으러 온 것을 알고
크아—앙 하고 입을 쩍 벌렸어요.

나는 악어에게 물리지 않도록
허리에 찬 자루에서
막대기를 꺼내어
위턱과 아래턱 사이에 끼워 놓았죠.

손전등으로
악어 입안을 비추자,
끈적끈적, 희뜩희뜩 빛나는
닭고기 찌꺼기가 보였어요.

이빨 사이에
너덜너덜해진 닭고기 힘줄이 잔뜩 끼어 있지 뭐예요.
나는 자루에서 기다란 이쑤시개를 꺼내어
찌꺼기를 쑥쑥 쑥쑥 파내고,

기다란 칫솔을 꺼내어
윗이빨 사이도 싹싹 닦고,
아랫이빨 사이도 싹싹 닦고,
이빨 바깥쪽까지 깨끗이 닦았죠.

그리고 입안으로
들어가서 드러누워
이빨 안쪽도
쓱쓱 싹싹,

다시 일어나 어금니를
쓱쓱 싹싹 닦다가
오른쪽 끄트머리에서
까만 것을 발견했어요.

충치라면 큰일이에요.

얼른 자루에서 돋보기를 꺼내어

손전등으로 비춰 봤죠.

자세히 봤더니 까만 것은

아침에 먹은 물고기 비늘이었어요.

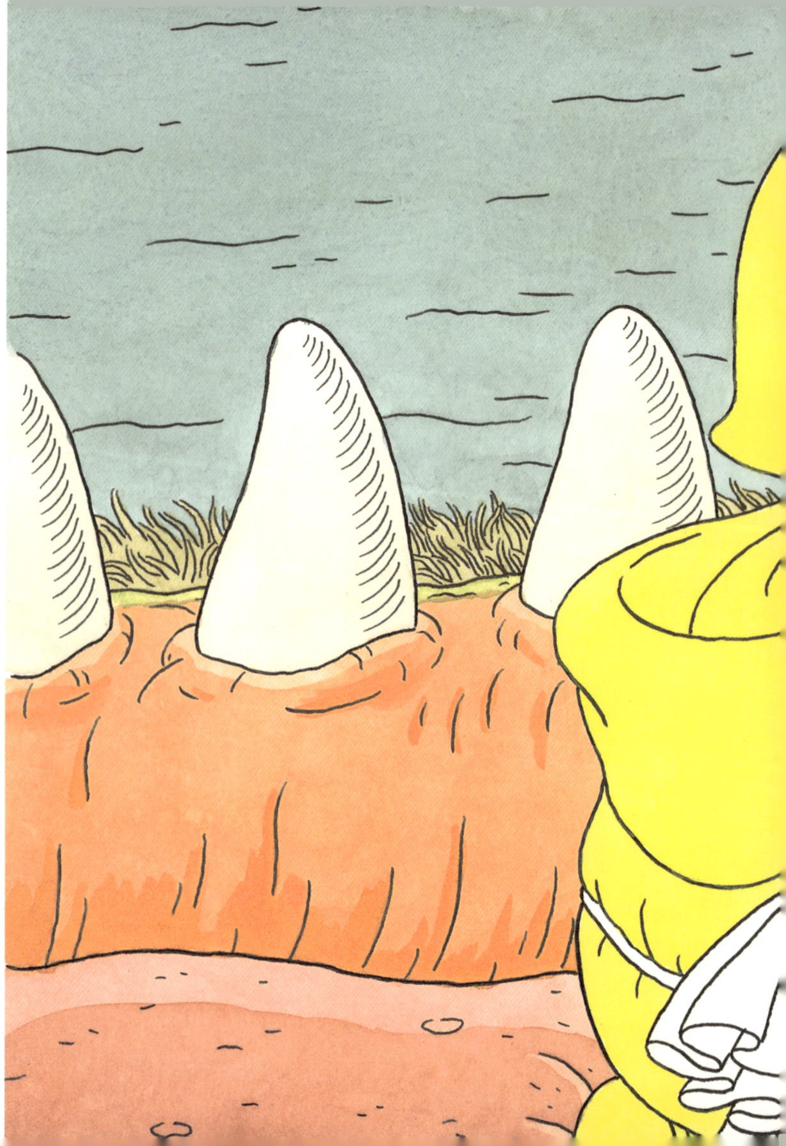

딱 붙어 있는 물고기 비늘은
쓱쓱 싹싹 닦아도
깨끗이 떨어지지 않았어요.
더 힘껏 북북 박박 닦고 있는데,
악어 숨소리가 점점 거칠어지더니,
딱딱하고 기다란 혀가
내 몸을 감으려고 하지 뭐예요.

나는 얼른 자루에서
커다란 집게를 꺼내어
악어 혀를 도르르 말아 단단히 집어 두고,
다른 어금니도
쓱쓱 싹싹 닦고 있는데,

악어 목에서 꼴깍 소리가 나고, 내뱉는 숨이 더 거칠어졌어요.
끼워 놓은 막대기가 와지끈 부러질 것 같았죠.
나는 재빨리 자루에서 후추 병을 꺼내어
목구멍에 후추를 숙숙 뿌리고,

악어가 에취! 하고
재채기할 때,
후다닥 악어 입에서
탈출했죠.

내가 악어 입안에
양동이로 물을 확 뿌리자
악어가 와그르르 와그르르 입을 헹구었어요.
이제 악어 이빨을 다 닦았어요.

집으로
올라가려는데,

에취! 에취!
악어가 계속 재채기를 하기에

나는 허리에 찬 자루에서
커다란 마스크를 꺼내어
악어 입에 씌워 줬어요.

JUNGLE

글_네지메 쇼이치
1948년 일본 도쿄도 스기나미 구에서 태어났습니다. 시인이자 소설가로 제31회 H씨상과 101회 나오키상을 받았습니다. 소설과 시 외에도 아이들을 위한 재미있는 이야기도 쓰고 있습니다.

그림_고마쓰 신야
1982년 일본 고치 현에서 태어났습니다. 만화가이자 일러스트레이터로 다수의 만화책을 썼고, 아동 그림책에 그림을 그리고 있습니다.

옮김_고향옥
동덕여자대학교와 동 대학원에서 일본 문학을 전공하고, 일본 나고야대학교에서 일본어와 일본 문화를 공부했습니다. 지금은 좋은 일본책을 우리말로 옮기는 일에 힘쓰고 있습니다. 옮긴 책으로는 《우리들의 7일 전쟁》, 《하모니 브러더스》, 《컬러풀》, 《있으려나 서점》, 《아빠가 되었습니다만》, 〈수학가게〉 시리즈(전3권) 등이 있습니다. 《러브레터야, 부탁해》로 2016년 국제아동청소년도서협의회(IBBY) 어너리스트 번역 부문에 선정되었습니다.

와그르르 와그르르

네지메 쇼이치 글 | 고마쓰 신야 그림 | 고향옥 옮김

1판 1쇄 펴냄 2019년 5월 7일 | 1판 4쇄 펴냄 2021년 7월 15일

책임편집 정재은 | 디자인 심용섭

펴낸이 박소연 | 펴낸곳 (주)도서출판 달리 | 등록 2002. 6. 4.(제10-2398호)
04008 서울시 마포구 희우정로16길 17-5 | 전화 02) 333-3702 | 팩스 02) 333-3703
ISBN 978-89-5998-376-6 77830

후추